Nonna Gnocchi

ISBN 979-10-352-0452-5

Éditrice Charline Vanderpoorte
Assistante d'édition Juliette Gaillard
Illustrations Vincent Pianina
Direction artistique Florie Briand

Loi n° 49-956 du 16 juillet 1949
sur les publications destinées à la jeunesse

Cet ouvrage a été achevé d'imprimer
con la chitarra in mano
pour le compte des éditions Thierry Magnier
par l'imprimerie Normandie Roto Impression s.a.s.
61250 Lonrai en avril 2021
N° d'impression: 2101430
Dépôt légal : mai 2021
NBJ/45328.01.54872.001
Imprimé en France

Susie Morgenstern

Nonna Gnocchi

EDITIONS THIERRY MAGNIER

Les personnages

Confiance

Marlène

Nonna Gnocchi

Eustachio

Kitti

Chapitre 1

– Maman, je te le dis cash : je n'y vais pas.

– Et je te le répète tout aussi clairement : tu y vas, un point c'est tout. Je n'ai pas d'autre solution.

– Et les colonies de vacances ?!

– Je pensais que tu détestais ça.

– Oui, c'est vrai, mais je déteste encore plus Mamie.

– Voyons, on ne déteste JAMAIS sa grand-mère !

– Il n'y a pas de loi qui dise que je dois l'aimer.

– Mais qu'est-ce qu'elle t'a fait, à la fin ?

– Elle t'a faite, toi !

– Tu lui en veux ?

– Non, je t'en veux ! Je resterai seul à la maison.

– À neuf ans, ce n'est pas possible. Les services sociaux me mettront en prison et puis tu seras bien barré. Tu seras placé chez des parents adoptifs.

– C'est toujours mieux que chez Mamie.

– Tu y vas. Ce n'est pas négociable !

– Tout est toujours négociable !

– Ça suffit, Confiance ! Tu me fatigues.

– Tu peux m'emmener avec toi, maman...?

– Je pensais que tu détestais mon nouvel amoureux.

– Peut-être, mais au moins, ce n'est pas lui qui m'a donné mon prénom !

– Ce n'est pas Mamie non plus. Elle était contre, tu sais.

– Qui était pour ?

– Moi !

– Et mon père ?

– Il était déjà parti.

– Un bon point pour lui !

– La confiance est une chose essentielle dans la vie. Sans elle, tu ne peux rien faire.

– Même la maîtresse m'appelle Con ! Quel beau cadeau à faire à un pauvre bébé !

– Ça te rend plus fort !

– D'accord, ça me rend plus fort... Bon, j'accepte d'y aller à une condition...

– Quelle condition ?

– Tu m'achètes un téléphone portable en cas d'urgence.

– Quelle urgence ? Tu seras avec deux adultes parfaitement responsables.

– Deux ?

– Oui, ta grand-mère a un amoureux elle aussi.

– Quoi ?! Mais elle est trop vieille pour l'amour ! C'est dégueulasse. De pire en pire ! Je n'y vais pas !

– Tu iras, Confiance, fin de la discussion !

– Tu connais mes conditions !

– À neuf ans on n'a pas de portable !

– Tu me dis toujours que j'ai l'air d'avoir vingt ans plutôt que neuf.

– Je devrais plutôt dire soixante-dix ! Tu es impossible...

– Alors ?

– Je vais réfléchir.

Chapitre 2

– Bonjour maman, à quelle heure veux-tu que je te dépose Confiance ?

– Jamais !

– Maman, il faut vraiment que tu me rendes ce petit service.

– Petit ?!

– J'ai enfin rencontré un homme qui a l'air d'en valoir la peine, donne-moi une chance de le garder.

– Mais moi aussi, comme tu le sais, j'ai trouvé quelqu'un ! Et figure-toi qu'il m'invite à passer l'été chez lui, dans sa villa.

– Mais rien ne t'empêche de partir avec lui ET avec ton petit-fils. Toi qui rêvais d'être grand-mère...

– Grand-mère oui, mais pas d'un enfant qui parle TOUT LE TEMPS, qui ne se tait pas deux minutes, qui dit tout ce qu'il pense tout haut et qui pose deux mille questions par heure.

– Tu préférerais un petit-fils sage et stupide ?

– On peut être intelligent ET agréable !

– Il est ce qu'il est ! On n'a pas le choix. Les grands-mères aiment grandmerder !

– Dix minutes me suffisent.

– Je te le confie un mois, je suis généreuse.

– Il te reste plus de temps que moi pour vivre l'amour. Laisse-moi profiter de ma dernière chance.

– Ton jules sera plus compréhensif que le mien, en plus Confiance ne peut pas le blairer.

– Tu connais ma faiblesse, je ne sais pas dire non.

– C'est plutôt une grande force de savoir rendre service à ta fille.

– À une condition...

– Oh non !

– Qu'il apprenne l'italien d'ici demain 10 heures.

– Tu pars en Italie???

– Mon nouveau jules est italien.

– Dis donc, où as-tu pêché ce poisson?

– Au marché aux puces. Et le tien?

– À la station-service.

– Il a une maison à Triora.

– Le village des sorcières?

– Tu te rappelles? On y est allés avec ton père.

– Oui, ça va lui plaire, à mon petit Con, à une condition...

– Ah, parce qu'en plus tu m'imposes des conditions?

– Oui, il veut faire la cuisine.

– Il a tort. Parce que pour une fois, il va bien manger avec moi. Eustachio cuisine comme un chef.

– Eustachio?

– Eustachio Consiglio.

– C'est beaucoup de syllabes pour un seul homme. Divorcé?

– Veuf.

– Des enfants?

– Sept.

– Catholique ?

– Sans doute.

– Vous serez seulement tous les trois avec Confiance ?

– Qui sait ? Plus on est de fous… Tous les renforts sont les bienvenus pour m'aider avec ton diable.

Chapitre 3

– À quoi il te sert, ce mec ? Je pensais que tu étais féministe, Mamie.

– Je suis une féministe qui aime les hommes. Qui aime l'amour.

– À quoi ça sert, l'amour ? Toi et maman, même combat.

– Ça contribue au bonheur.

– Au bonheur ? Quel bonheur ?

– Celui de sentir, de toucher, d'embrasser, de renifler.

– C'est dégueulasse !

– Non, c'est beau. Ce sont les plus beaux cadeaux de la vie !

– Tu parles !

– Oui, je parle ! Et je te rappellerai cette conversation quand tu auras vingt ans.

– Ma mère dit que j'ai déjà vingt ans dans ma tête. Pourquoi on ne m'a pas nommé Concentration ? Les questions sont plus importantes que les réponses. On arrive dans combien de temps ?

– À peu près deux heures, sans halte restaurant ni pipi.

– Je pourrai donc te poser au moins cent vingt questions, sinon plus, pendant ce temps.

– Tu n'as pas intérêt. C'est une route sinueuse. Tu ferais bien de me laisser me concentrer sur la route au lieu de poser des questions pour lesquelles il n'y a pas de réponse.

– Alors je vais te dire tout ce que je sais en italien :

Agnolotti, panzerotti
Gnocchi, tortelloni
Fettuccine, linguettine
Tripoline, mafaldine
Spaghetti, vermicelli

Penne, anellini
Stelline, farfalline
Linguine, capellini
Fusilli, cencioni
Riccioli, lumaconi
Cannelloni, macaroni
Zitoni, rigatoni
Ditalini, quadrettini
Corallini, taglierini
Lasagna, bucatini
Pappardelle, sacchettini.

– Où as-tu appris tout ça ?

– Maman m'a dit qu'il fallait que j'apprenne l'italien alors j'ai fait une liste de pâtes.

– C'est un bon début. Nous en mangerons à midi si tu veux.

– Je veux. Tout sauf tes légumes bouillis ! Ton mec, il parle français ?

– Il parle cinq ou six langues.

– Tant que ça ! À quoi ça lui sert ?

– Ça lui servait dans son travail. Il n'y a rien de plus utile que les langues.

– Utile ?

– Oui, ça t'ouvre les portes d'autres cultures et tu peux parler avec tout le monde. Chaque langue est un monde.

– Ça me suffit de parler français. Je n'ai pas besoin d'échanger avec des étrangers.

– Tes frères humains ! Tu sais comment on dit Mamie en italien ?

– Je m'en fous.

– Nonna ! Désormais, tu peux m'appeler Nonna.

– Je préfère t'appeler Gnocchi.

– Alors je t'appellerai Spaghetti.

– Hey, Gnocchi, je vais te manger !

– À quoi ça sert de manger ? On devrait s'en passer.

– Il n'en est pas question ! Ce n'est pas une question, c'est une nécessité !

– Exactement comme l'amour !

– Tu parles !

Chapitre 4

– On arrive, Spaghetti !

– Mais c'est un trou !

– Triora est classé parmi les plus beaux villages d'Italie.

– C'est vieux ! Moi je veux aller à New York et à Tokyo.

– Vieux ? Oh, juste de quelques siècles ! Le village est connu parce qu'au XVIe siècle, il fut le lieu de procès de sorcières qui ont ensuite été exécutées. L'injustice faite aux femmes est très ancienne.

– Mais c'étaient des sorcières !

– Tu as quelque chose contre les sorcières ?

– C'est quoi d'abord une sorcière ?

– Ce sont des femmes qui ont beaucoup de sagesse et qui, comme toutes les femmes, sont des magiciennes. Elles font tourner le monde.

– Alors pourquoi les a-t-on condamnées ?

– On a peur du savoir. Les villageois les ont dénoncées, torturées et brûlées.

– Et c'est dans ce village que tu amènes ton unique petit-fils ? C'est horrrrrribbbble !

– Parfois on apprend aussi la justice de l'injustice. Et puis j'ai déniché un bonhomme qui vient d'ici.

– Tu es déjà venue ?

– Oui, il y a longtemps, avec ta mère et ton grand-père pour les vacances. Mais c'est la première fois que je viens chez Eustachio. Jusque-là, c'est lui qui venait me voir à Nice. Le voilà justement. Il est venu à notre rencontre pour nous guider jusqu'à sa maison.

– Mais il est vieux, Mamie. Encore plus que toi !

– L'âge est juste un chiffre. C'est l'esprit qui compte.

– C’est quoi l’esprit ?

– Celle-ci, tu peux l’ajouter à ta liste de questions sans réponse.

– Est-ce que vous allez vous embrasser tout le temps devant moi ?

– Oui, mon chéri, sur les joues ou ailleurs... comme ça vient !

– C’est dégueulasse !

– Eustachio, je te présente Confiance. Confiance, voici Eustachio.

– Je vais t’appeler Pistacchio.

– J’accepte, j’aime bien les *pistacchi*. Quand j’étais petit, on m’appelait Pinocchio.

– Parce que tu es un menteur ?

– Parce que ça rime. Je ne suis pas plus menteur que les autres.

– C’est mal de mentir.

– Pas toujours ! Venez, je vais vous montrer ma belle maison et ta magnifique chambre.

– C’est un mensonge ?

– Tu me le diras.

Chapitre 5

– Wow ! C'est dans un trou mais c'est grand, au moins. Une vraie antiquité ! Combien de pièces ?

– Tu sais, je n'ai jamais compté. Je te laisse le faire.

– Mais... c'est que vous êtes riche ?

– Qui est riche ? Celui qui est content avec ce qu'il a !

– C'est facile d'être content quand on a autant !

– Pas bête !

– Mamie, on aurait pu m'appeler Contentement.

– Malheureusement, tu es monsieur Jamais Content.

– Faux, je suis juste content quand je suis pas avec toi.

– Charmant !

– On aurait dû t'appeler RESPECT ! *Bene !* Je te laisse t'installer.

– Tu ne m'as pas menti, Pistacchio. Je n'ai jamais eu une chambre aussi grande dans une maison aussi grande. Je suis inspiré ici : je vais vous préparer un bon dîner.

– Tu peux m'aider à dresser la table, si tu veux : j'ai déjà préparé le dîner pour mes chers invités.

– Alors demain c'est mon tour !

– Quand tu descendras, je te montrerai la cuisine et le potager.

– Un potager, pour quoi faire ?

– Faire pousser mes propres légumes.

– Beurk, des légumes ?! Je déteste ça !

– Tu devrais attendre de goûter, d'abord...

– Plutôt mourir !

– Bon... Il y a toujours la *pasta* !

– *Bene*, Pistacchio. Bisous à Gnocchi ! Mais pas trop !

Chapitre 6

– *Mangiamo !*

– Vous n'allez pas me casser les oreilles avec l'italien à tout bout de champ ! Je refuse.

– Quelques mots par-ci par-là, c'est une si belle langue, Spaghetti !

– Déjà Pistacchio m'a énervé avec son potager empoisonné, *zucchini* et compagnie.

– Tu ne peux pas empêcher quelqu'un d'aimer sa langue et de vouloir la transmettre.

– Je n'empêche rien du tout. Je vous laisse tranquilles, vous me foutez la paix. Tu as vu cette cuisine ? Je ne suis pas sûr que ce soit hygiénique d'étendre des pâtes comme le linge sale sur les dossiers de toutes les chaises. Et puis de les manger ! Tout est tellement vieux ici... lui le premier.

– Tu seras vieux un jour toi aussi. Si tu as de la chance ! C'est un homme bon et généreux et je le trouve très patient avec la peste que j'ai ramenée chez lui. Et n'oublie pas que c'est SA maison et que tu n'es pas le chef ici ! Regarde où on est, dans ce jardin enchanté, devant des assiettes remplies de nourriture digne des dieux. Tiens, le voici justement, avec *il primo piatto* !

– Rah, ces moustiques !

– Il faut vivre avec ! Où qu'on soit en été, il y a des moustiques alors fais la paix avec eux et avoue que ce que l'on mange est sublime.

– Trop de *zucchini* et de *melanzane* à mon goût !

– OK monsieur Trop, monsieur Pas Assez, monsieur Jamais Content...

– Et je n'arrive pas à capter le wifi.

– Pour quoi faire ?

– Pour faire ce qu'on fait avec le wifi. Et je veux parler avec maman.

– Le téléphone passe dans la cuisine.

– Merci, Pistacchio, je reconnais que tu as fait de grands efforts pour ce repas.

– C'est délicieux, Eustachio. Con ne l'avouera jamais mais il le pense autant que moi. Grâce à toi, il échappe à MA cuisine.

– Ça, c'est bien vrai. Demain, c'est moi qui m'occupe du repas !

– Demain, mon fils arrive pour quelques jours. Il va me laisser un de ses enfants en vacances. Je voudrais les régaler. Tu seras mon assistant.

– Mais je veux être le chef !

– Tu seras d'abord l'assistant.

Chapitre 7

– Même sans te voir, je sais que tu boudes.

– Maman, c'est horrible.

– Mamie m'a dit que c'était magnifique au contraire. Un *palazzo* avec un grand jardin dans des collines somptueuses.

– C'est d'un ennui… ça sent le moisi, ça sent le vieux. Il n'y a que des vieux… qui s'embrassent en plus ! Mamie s'est carrément installée dans la chambre du vieux pour faire Dieu sait quoi.

– Ce n'est pas ton affaire.

– Si, c'est mon affaire parce que c'est juste à côté de ma chambre et que tu m'as condamné à un mois avec eux qui dégoulinent de bisous et de caresses.

– Tu préférerais qu'ils se battent ?

– J'aimerais mieux être à Tokyo, Hong Kong ou New York. Tu es où, toi ?

– À Londres.

– Londres ! Sans moi ? C'est trop vache.

– Depuis quand aimes-tu Londres ? Tu refuses d'apprendre un mot d'anglais !

– J'aime apprendre les langues sur place, dans le pays.

– Alors apprends l'italien cet été.

– Jamais !

– Pourquoi ?

– J'aime pas. C'est vieux ! À quoi ça sert ?

– À communiquer !

– Pas besoin.

– Demain, tu verras plus clair, après une bonne nuit.

– Je vois déjà clair ! Un des fils de Pistacchio vient demain avec son môme.

– Garçon ou fille ? Quel âge ? Tu auras un compagnon !

– De quoi me donner des cauchemars ! En plus, maman, je veux changer de nom.

– Contrarié ? Contestataire ? Consternation ?

– Louis !

– Louis XVI ?

– N'importe lequel.

– Louis XVI fut guillotiné.

– C'est toujours mieux que de moisir à Triora. Mamie m'appelle Spaghetti.

– Ça te va très bien ! Spaghetti sauce épinards.

– Je déteste les épinards.

– Fais-moi une liste demain de tout ce que tu ne détestes pas.

– Ce sera une feuille blanche.

– *Good night,* mon doudou.

– Attends ! Je te lis mon poème :

« Je m'appelle Confiance
Car on m'a nommé dans l'inconscience
Sans savoir qu'on me donnerait le petit nom CON
(Avouez que ce n'est pas bon !)
Et j'en veux à ma mère
Aussi à mon père
Quel massacre ! Quelle idée !
De me faire tout le temps humilier

Ils auraient pu me nommer Pierre ou Louis

J'aurais eu beaucoup moins d'ennuis.

Je vais changer mon nom

Un nom bien mignon

Par exemple : Kiki. »

– OK, bonne nuit, mon Kiki. Mon Spaghetti.

– Bonne nuit, mère indigne !

Chapitre 8

– Tu as bien dormi, Spaghetti ?

– Bof, les moustiques m'ont réveillé cinq fois dans la nuit.

– Zut, goûte ce pain, il sort du four.

– À quelle heure arrivent les inconnus ? Tu les connais ? Et l'enfant dont Pistacchio parlait, c'est un garçon ou une fille ?

– Je ne les connais pas, c'est le premier membre de la famille d'Eustachio que je rencontre. C'est une fille de ton âge.

– Oh super ! On dirait une comédie musicale...

Je la déteste d'avance.

– *Attenzione, Signore e Signori !* Eustachio, pour vous servir ! Café, jus d'orange, chocolat chaud ?

– Café, s'il te plaît.

– Tu es sûr, *bambino* ? Le café italien est fort, tu sais.

– Quand on est à Rome...

– Après le petit-déjeuner, je te montrerai la bibliothèque, puis tu pourras m'aider à préparer le minestrone, la soupe préférée de ma petite-fille.

– Les livres de ta bibliothèque sont en italien, je parie ?

– *Sì...*

– Génial !

– J'ai engagé une jeune femme du village pour enseigner l'italien à ma petite-fille. Tu peux te joindre à elles, si tu veux.

– Pourquoi ? Ta petite-fille ne parle pas l'italien ?

– Non, elle est née à Budapest. Elle parle le hongrois. Sa mère est hongroise.

– Comment vous vous parlez, alors ?

– Elle parle assez bien le français car elle a vécu à Paris pendant un an quand son père y travaillait. Elle a quelques notions d'italien. Elle vient ici depuis qu'elle est petite. Elle sait même faire la *pasta* ! Allons ! Direction la bibliothèque !

– On peut laisser tomber la bibliothèque. Je ne lis pas l'italien, comme tu sais.

– *Va bene*, comme tu voudras ! Voici ma recette de la soupe minestrone.

– J'espère que ce n'est pas à base de légumes.

– Raté, le minestrone est une spécialité italienne. C'est une soupe de légumes mijotés servie accompagnée de parmesan râpé. Viens avec moi chercher les légumes dans le potager. Tu les éplucheras, les couperas et on mettra tout ça sur le feu.

– Je n'aime pas éplucher les légumes.

– Mais tu veux être cuisinier ?

– Oui.

– Alors fais ce que je te dis. Commence par les oignons.

– Regarde, ça me fait pleurer.

– Ça va passer. Le meilleur moyen pour ne pas pleurer, secret de chef, c'est de les peler sous l'eau du robinet.

– Et en tirant la langue, ça marche ?

– Peut-être, essaye. Il faut aussi couper les carottes, les patates et les poireaux en petits morceaux. On ajoutera ensuite l'ail, le persil et le basilic.

– Tout ça ! Je ne suis pas un robot...

– De mon côté, je prépare les haricots et les petites pâtes en forme d'étoiles.

– Qui a inventé les pâtes ?

– Les Italiens, bien sûr !

– Non ! Les Chinois !

– *Va bene !* Marco Polo les a rapportées de Chine mais les Italiens les ont élevées à l'état d'œuvre d'art. Il y a autour de trois cents sortes de *pasta*. Ne parlons pas des sauces, à commencer par *pomodori*. Tu aimes les pâtes, n'est-ce pas ?

– Aimer, c'est un mot un peu fort pour les pâtes ! Je les tolère.

– Qu'est-ce que tu aimes ?

– Certainement pas un aliment. L'amour est réservé aux personnes, pas au hachis Parmentier.

– Tu es un philosophe !

– C'est quoi un philosophe ?

– Quelqu'un qui montre de la sagesse. C'est un concept qui comprend le comportement, l'éthique, la prudence, la justice, la raison.

– Bon, laissons tomber !

– Mine de rien, tu épluches très bien !

– Où est Mamie ?

– Dans le jardin sur la chaise longue.

– Y en a qui ne mettent pas la main à la pâte !

– Elle a travaillé suffisamment dur dans sa vie. Elle a bien droit à une pause.

Chapitre 9

– Mamie tu as fait quoi dans ta vie ?

– Tu sais bien : j'étais dans la restauration des monuments.

– Tu as toujours vécu entourée de vieilleries, finalement…

– La civilisation dans toute sa beauté.

– Tu as réparé des mains, des pieds, des jambes, des corps en pierre. C'est quoi pour toi la beauté ?

– Vaste question philosophique. Je dirais comme exemple cette maison et ce jardin, le paysage.

– Je ne trouve pas ça beau.

– La beauté est dans les yeux de celui qui regarde.

– Ça veut dire à chacun son goût ?

– Il y a quand même un consensus par moments…

– C'est quoi un consensus ?

– Que beaucoup de gens se sont mis d'accord sur les mêmes critères.

– Bien que tu parles français, je ne te comprends pas !

– Parlons alors du minestrone.

– Il cuit.

– On a besoin de moi ?

– Surtout pas. Je dois bien l'avouer : Pistacchio est de loin le meilleur cuistot entre vous deux.

– Tu vas finir par le trouver sympathique, tu verras…

– C'est quoi, sympathique ?

– C'est quand la beauté intérieure surpasse la beauté extérieure… et l'âge.

– Il est sympathique, alors. Mamie, qu'est-ce que tu sais vraiment bien faire, puisque ce n'est pas la cuisine ?

– Je faisais bien mon travail et puis je suis très douée pour apprécier la musique, l'art, les livres.

– Apprécier, ce n'est pas FAIRE.

– Alors je fais très bien l'amour !

– Oh, Nonna Gnocchi, c'est dégueulasse. Et puis je te l'ai déjà dit, vous êtes trop vieux pour l'amour.

– On n'est jamais trop vieux pour ça, et ce n'est absolument pas dégoûtant. Au contraire, c'est un des plus grands plaisirs de la vie, sans quoi tu ne serais pas là.

– Ce ne serait pas plus mal !

– Tu plaisantes ?

– Pas du tout, tu sais bien que je ne voulais pas venir ici, qui j'aurais préféré être avec maman à Londres ou à Tokyo ou à New York.

– Quelles vacances as-tu le mieux aimées dans ta vie ?

– Aucune ! Il faut toujours aller où les adultes mal inspirés décident de nous traîner.

– Tu as bien aimé les vacances que nous avons passées en Provence dans le château de mes amis...

– Oui, juste le soir où nous sommes allés manger des steaks frites à la guinguette et que ton ami a commandé une montagne de frites, ou la fois où nous avons mangé une pizza sur la place du village.

– Et la piscine ? Et le labyrinthe ? Et le jardin ? Et le paysage ?

– Ça ne m'intéresse pas.

– Patience, il te reste neuf ans à subir ton terrible destin d'enfant. Après, c'est toi qui décideras de tes vacances, dans la mesure de ton possible.

– Mon possible ?

– Pour aller à Tokyo ou New York, il faut des sous. Et pour avoir des sous, il faut travailler.

– Je m'appelle Confiance, je te rappelle ! J'espère au moins que ce fichu prénom me portera chance ! Bon, ils arrivent quand, les inconnus ?

– Quand ils arriveront.

– Merci pour l'information.

– C'est la première fois que tu me remercies ! Même si c'est ironique, je prends.

– C'est quoi, ironique ?

– C'est dire le contraire de ce qu'on veut faire entendre. C'est une moquerie.

– Tu as tout compris !

Chapitre 10

– Maman, c'est horrible !

– Le jour où tu me diras que quelque chose est super, je m'inquiéterai.

– Ils sont arrivés.

– Et ils sont comment ?

– Normaux. Le fils de Pistacchio lui ressemble, en moins vieux. Il s'appelle Leonardo.

– Comme Leonardo da Vinci.

– Qui ?

– Grand peintre, sculpteur, inventeur. Il a peint *La Joconde* qu'on a vue au Louvre, tu te souviens ? XVIe siècle.

– Encore une vieillerie !

– Et sa fille ?

– Kitti.

– Kiki et Kitti. C'est parfait !

– Figure-toi qu'elle est née le même jour que moi, le 27 août.

– Vous êtes jumeaux, alors. Vous avez discuté un peu tous les deux ?

– En hongrois ?

– Mamie m'a dit qu'elle parlait parfaitement français et qu'elle n'avait pas la langue dans sa poche.

– Mamie dit n'importe quoi !

– Elle m'a aussi dit que tu avais lu un poème à table.

– C'est exact. J'ai été inspiré par la soupe de l'enfer mijotée par Pistacchio.

– Tu me le lis ?

– « Mange ta soupe !
Minestrone ! On en rajoute
Pas de bol dans le bol
Un potager agricole
Légumes en dés
On va me gronder

Je vais à la pêche
De quelques pâtes fraîches
Je laisse les légumes au fond
Plutôt que dans mes tréfonds
Cette soupe est n'importe quoi
Pourquoi s'en prendre à moi ?
Je vous rends l'Italie
Je repars à Paris ! »

– Charmant !

– Tu dis tout le temps « charmant » ! Je suppose que c'est ironique.

– Tu as tout compris !

– Tu viens me chercher, maman ?

– Oui, chez Mamie, comme prévu, le 31 août.

– Vivant ou mort ?

– Entre les deux... Tu vas survivre, mon petit ravioli aux épinards !

– Je n'en suis pas sûr. Aujourd'hui, on va visiter les sorcières.

Chapitre 11

– À la queue le leu, comme à l'école.

– C'est une belle excursion.

– Combien de temps on va marcher ?

– Vingt minutes. Ce n'est pas la mer à boire. On visitera le village, le musée, et on va déjeuner en terrasse dans un bistro qu'Eustachio apprécie. Tu pourrais marcher avec Kitti, elle t'expliquera.

– Je préfère marcher seul et voir de mes propres yeux. En réalité, j'aurais préféré rester au lit !

– Regarde, on arrive : *Benvenuto* à la *strega di Triora.*

– *Strega ?*

– Sorcière.

– Il y a des statues de sorcières partout !

– Regarde, des reproductions des cabanes où elles ont vécu.

– Ça me fait une belle jambe.

– J'adore !

– Tu es bizarre !

– Je vais en acheter une pour ta mère.

– Bonne idée ! Une sorcière pour une sorcière !

– On entre au musée, suis Eustachio.

– Rien que des livres sur les sorcières en italien, des statues, des poupées de sorcières, heureusement qu'on a vite fait le tour. C'est tellement vieux !

– On va bientôt sortir se promener dans les ruelles. Elles sont pavées, comme dans l'ancien temps !

– Un gros tas de pierres, oui...

– Tiens, voici Eustachio.

– Regarde, Confiance, des spécialités pour ta cuisine : « *lacrime di strega* », les larmes de sorcières, confit d'oignons, « *il bacio de la strega* », le baiser de la sorcière, *« le palle del diavolo »*, les boules du diable. Je veux tout acheter !

– Ouh là, ça me semble indigeste, tout ça !

– Eustachio vient d'acheter trois poupées sorcières. Il les collectionne !

– Je suis sûr qu'elles sont fabriquées en Chine ! Et puis j'ai faim.

– C'est parfait, en route pour le restaurant !

Chapitre 12

– Ma fille, tu as fait du beau travail avec ton fils. Il n'a pas dit un mot à table. Il fait la grève de la parole, sauf quand il s'agit de râler.

– C'est un râleur ! Sache que je t'autorise à serrer la vis !

– Les grands-mères ne sont pas là pour serrer la vis.

– Vous servez à quoi alors ?

– À gâter. Et crois-moi, il est très gâté ici. Eustachio lui a acheté une belle sorcière, tout à l'heure. Mais à l'évidence, ton fils n'a pas appris le mot magique. Jamais un mot de gratitude.

– Et sa petite-fille ?

– Petite-fille modèle, belle, polie. Elle sait dire merci, elle. Et toi, ce nouvel amoureux ? Londres ?

– Londres, très bien. L'amoureux, à voir. Voyager avec quelqu'un est un bon test. Et toi, l'Eustachio ?

– Une crème, une gentillesse. La générosité même. Tu veux en savoir plus ?

– Épargne-moi ! Je vois bien qu'il te gêne, mon fiston.

– Pas du tout, Eustachio le trouve brillant.

– On connaît déjà son QI phénoménal...

– Et son QE ?

– C'est quoi ?

– On dirait ton fils avec ses quoi quoi quoi ! Quotient émotionnel. Jamais content. Hier soir, en rentrant, c'est lui qui a préparé le dîner.

– C'était bon ?

– Tu connais ses expériences... C'était infect. Les pâtes étaient beaucoup trop cuites, il a fait une sauce épicée diabolique, immangeable, une salade pas lavée, « salade terreuse », selon lui. Je pense qu'il faut l'orienter vers un autre métier.

– Qu'est-ce que vous avez fait ?

– Il y avait des restes de minestrone et du fromage.

– Désolée !

– Je l'aime quand même. Mais cet amour n'est pas réciproque. Il m'en veut.

– Il en veut à la terre entière. Il est né comme ça. Maman, si lui ne connaît pas le mot « merci », moi je te suis très reconnaissante. Il fallait que je fasse ce voyage... sans lui !

– Écoute, c'est sous contrôle. Même s'il ne dit rien et se plaint sans cesse, il n'est pas malheureux ici.

Chapitre 13

– Maman !

– Mon petit chouchou kiki. Comment vas-tu ?

– MAL !!! C'est horrrrribbbble !

– Qu'est-ce qui se passe ?

– Des sorcières partout et même dans ma chambre puisque Pistacchio a cru bien faire en m'achetant une mocheté pour hanter mes nuits.

– Ça partait d'une bonne intention. Tu me la donneras, j'adore les sorcières. Et sa petite-fille, Kitti ?

– Elle est blonde, frisée, aux yeux bleus. Un cauchemar ! Une poupée en porcelaine.

– Le contraire d'une sorcière, quand même !

– Plutôt le portrait de la Madone qu'on a vue dans l'église. Vraiment pas mon genre.

– Ton genre c'est quoi ?

– Une Japonaise ou une Chinoise.

– Mamie m'a dit que vous mangiez bien...

– Surtout quand c'est moi qui fais la cuisine !

– Ils ont aimé ?

– Ils n'y ont pas touché.

– Pourquoi ?

– Pour un peu de terre sur la salade et quelques épices dans la sauce. Des poules mouillées ! Et Londres ?

– Beaucoup de musées. Tu râlerais !

– Ce serait toujours mieux que la vie palpitante qu'on mène ici !

– Ironie ?

– Tu as tout compris !

– Tu es gentil avec Mamie ?

– Mamie ne voit rien d'autre que Pistacchio.

– Tu aimerais plutôt qu'elle en pince pour toi ?

– J'aimerais disparaître.

– OK, monsieur Jamais Content, je te laisse.

Chapitre 14

– Franchement Nonna Gnocchi, ce n'était pas cool de ne pas manger mon repas.

– Je suis désolée, mon chéri, mais tes plats étaient tout simplement révoltants !

– Pour un peu de terre ? On aime la terre !

– Et la quantité de piment que tu as mise dans la sauce ? On a failli se brûler l'œsophage !

– Tu exagères.

– Mon Spaghetti adoré, la confiance en soi, c'est bien, mais quelques grammes d'humilité ne te feraient pas de mal.

– L'humilité, quésaco ?

– Un peu de modestie, connaître ses faiblesses et vouloir s'améliorer. Figure-toi que tu ne sais pas tout, du haut de tes neuf ans ! Vivre est un travail de lente amélioration, une maturation pas à pas.

– Que veux-tu me dire ? Que je suis con ?

– Non, juste que faire un bon repas demande des connaissances et de l'expérience. On ne naît pas en sachant cuisiner. On ne devient pas pianiste sans faire des gammes.

– Je ne veux pas être pianiste ! Quelles gammes as-tu faites pour être restauratrice ?

– J'ai étudié la peinture, la sculpture, le dessin, et j'ai accumulé beaucoup d'expérience !

– Et si je voulais devenir poète ?

– Il faudrait peut-être lire beaucoup de poèmes de poètes illustres, étudier la littérature, écrire sans relâche.

– Laisse tomber !

– Pourquoi ?

– Trop de travail, tout ça.

– Pour l'instant, mon Spaghetti bolognaise, nous sommes en vacances. Profitons !

– Bof !

Chapitre 15

– Viens, Confiance ! Il est grand temps de faire connaissance !

– Kitti ? Je ne suis pas encore réveillé !

– Alors tu parles dans ton sommeil ?

– Ça veut dire que je ne suis pas prêt à faire ami-amie.

– OK ! Pour l'instant, tu n'as qu'à répondre à quelques questions.

– Quelles questions ?

– Qu'est-ce que tu sais faire mieux que tes parents ?

– Dormir et râler. Je n'ai qu'un seul parent. Pourquoi tu me déranges si tôt ?

– Les vieux dorment et je me sens seule. Est-ce que tu as déjà été tout seul ?

– J'aimerais bien !

– Moi, j'ai trop peur. De quoi as-tu peur, toi ?

– Des sorcières ! De l'Italie ! De toi !

– Qu'est-ce qui te met en colère ?

– Qu'on me traîne en Italie sans me demander mon avis !

– Comment a-t-on choisi ton prénom ?

– Ma mère devait être pompette !

– As-tu déjà eu le mal du pays ?

– Depuis que je suis arrivé ici, oui.

– Est-ce que tu préfères être sympathique ou intelligent ?

– Ça ne m'intéresse pas d'être sympathique ou intelligent. Je veux être génial !

– Qu'est-ce que tu aimes par-dessus tout ?

– Tokyo et New York.

– Qu'est-ce que tu vas faire quand tu seras grand ?

– Vivre ! Ou mourir.

– As-tu quelqu'un à qui tout dire ?

– Ma mère ? Non, toi !

– Quel pouvoir aimerais-tu avoir ?

– Disparaître. À moi maintenant de te poser les questions !

– Si tu veux...

– Est-ce qu'il y a quelqu'un que tu détestes ?

– Ta grand-mère !

– Ma grand-mère ?????? Qu'est-ce qu'elle t'a fait ?

– Elle m'a pris mon grand-père. D'habitude, quand je viens ici, il ne s'occupe que de moi.

– Elle a pas fait exprès !

– Je les entends, ils sont réveillés ! Viens vite, on va leur jouer des tours.

– Des tours ?

– Suis-moi, tu comprendras. On va leur préparer un bon petit-déjeuner. D'abord, tu mets le sel dans le sucrier.

– Tu es une vraie cheffe en bêtises !

– On va mettre le colorant marron avec de l'eau dans la cafetière et le colorant orange dans le pichet pour du faux jus d'orange.

– Tu es une sorcière !

– Forcément ! Je viens tous les ans à Triora.

– Comment ça se fait que tu parles si bien le français ?

– J'ai vécu à Paris et puis j'ai continué à étudier à Budapest.

– Tu n'as même pas d'accent !

– J'ai mis le beurre dans le congélateur.

– Cool !

– Attention, les voilà ! Fais comme si de rien n'était.

Chapitre 16

– Oh, la belle table ! Comme c'est gentil, les enfants !

– On dirait que vous vous entendez bien !

– On est bien obligés ! Vous dormez tout le temps !

– Oh, Nonno, que t'arrive-t-il ? Tu t'étouffes !

– *Dio*, il faut que je t'apprenne à faire du café !

– On dirait qu'il est salé !

– Et le jus d'orange, infect !

– Ce n'est pas poli de cracher, Mamie.

– Bon ! Nous, on a fini, on va s'habiller. On fait quelque chose de spécial aujourd'hui ?

– Une randonnée.

– Vous plaisantez ! Sans moi ! Je déteste.

– Non, viens, on va bien s'amuser. Il fait beau.

– On va faire un pique-nique royal !

– Il fait trop chaud.

– C'est supportable. Jusqu'à nouvel ordre, il fait chaud en été.

– Même en altitude.

– Je vais préparer un autre café, qui en veut ?

– Aurais-tu du vrai sucre quelque part, Eustachio ? Et des oranges ?

– Après la randonnée, les enfants, il y aura une leçon. Comment préparer la pâte à pâtes.

Chapitre 17

– Oh là là, Confiance ! Tu nous as réveillés.

– J'ai attendu une heure décente, pourtant.

– Il est une heure de moins à Londres, je te signale.

– Ce n'est que justice. On m'a réveillé tôt moi aussi.

– Qui ?

– Kitti. Avec très exactement soixante-dix-mille questions.

– Quelles questions ?

– Qui est-ce que tu aimes le plus ?

– Et tu as répondu : ma mamounette.

– Pas en ce moment ! Ils veulent me traîner en randonnée !

– Ça te fera du bien. L'air de la montagne !

– Tu sais que je n'aime pas marcher.

– Tu n'aurais pas aimé le séjour à Londres alors !

– Kitti et moi, on a mis du papier toilette dans leurs chaussures de marche pour serrer leurs pieds.

– Sympa ! On dirait que vous vous entendez bien.

– On a enduit leurs portables avec du miel.

– C'est un camp d'entraînement pour criminels ?

– Kitti déteste Mamie.

– Charmante ! Ça vous fait un point commun !

– Je ne la déteste pas, moi, je ne veux simplement pas partager les mêmes vacances qu'elle.

– Tu verras, tu en garderas de beaux souvenirs.

– Si je survis !

– Je te garantis que tu vas survivre. Je ne sais pas si je peux affirmer la même chose pour eux.

– Et toi ? Ton prétendant ?

– Il est trop près de ses sous pour moi. Un vrai avare.

– Tu devrais m'écouter de temps en temps. Je suis un bon juge de caractère.

– Et Eustachio ?

– Toujours aussi vieux.

– À part ça ?

– Il est généreux et bon cuisinier. Mais vraiment très vieux.

– Tu as quelque chose contre les vieux ?

– Je dois te laisser, maman, on s'en va !

Chapitre 18

– Où est Kitti ?

– Elle est partie se coucher. Trop fatiguée après votre randonnée à la nouille.

– Et toi ?

– Je suis ici !

– Alors pour faire la *pasta*, on va prendre trois cents grammes de farine, trois œufs et du sel.

– C'est tout ?

– Oui, on commence avec une petite quantité juste pour nous quatre. On verse la farine dans un saladier avec le sel. On fait un puits au centre et on casse les œufs. Vas-y.

– Moi ?

– Oui, sans y mettre des coquilles.

– Comme ça ?

– Oui, *bene*, et avec la spatule, tu mélanges petit à petit la farine dans les œufs.

– OK ?

– Et maintenant tu places la pâte sur le plan de travail. Il faut mettre un peu de farine sur la table sinon ça va accrocher, et tu pétris pendant dix minutes jusqu'à obtenir une belle boule bien lisse.

– C'est fatigant ! Ça suffit là ?

– Encore un peu.

– Qui t'a appris à faire ça ?

– Ma grand-mère.

– Il y en a qui ont de la chance !

– Et maintenant on la met dans un torchon propre pendant une demi-heure. Après, on l'étalera avec le rouleau et puis on coupera en lamelles pour faire des *fettuccine*.

– C'est pas mieux de les acheter ?

– Ce n'est pas aussi bon ou aussi amusant que de les faire soi-même, tu verras.

– Il ne faut pas être né paresseux !

Chapitre 19

– Tes pâtes étaient réussies, cette fois ! Bon, demain on lève le camp !

– Tu es folle ! Je suis trop fatigué, et j'ai mal partout à cause de cette randonnée.

– Ça passera ! Je suis sûre que tu as apprécié cette balade toi aussi, mais tu préfères râler comme toujours. Rappelle-moi de ne jamais me marier avec toi !

– Même pas en rêve. On part où ?

– On va faire une fugue !

– Pour aller où ?

– À Sanremo. On fera une journée *gelati.*

– C'est quoi ?

– Une journée glaces !

– Je préférerais une journée pizza.

– On peut faire les deux.

– Tu as des sous ?

– Oui, et toi ?

– Moi aussi. Comment on fait pour y aller ?

– Tu te rappelles les gens avec qui j'ai parlé au restaurant quand on a visité Triora ?

– Oui, les Américains.

– Ils viendront nous chercher à la sortie du village à 6 heures du matin.

– 6 heures ?????? On est en vacances, quand même !

– C'est toi qui vas rédiger la lettre aux grands-parents. On veut pas qu'ils meurent d'une crise cardiaque.

– Pour dire quoi ?

– Qu'on fait une fugue.

– Ils s'en rendront compte tout seuls.

– On la posera sur la table de la cuisine.

– Tu es sûre ?

– Ne me dis pas que tu te dégonfles...

– Je ne me dégonfle pas, je n'ai jamais été gonflé ! Tu as déjà fait ça ?

– Oui, avec mes cousins.

– Et comment ça a fini ?

– On est tous encore vivants, mais on ne sait jamais. C'est l'aventure.

– Oui ! Partir avec une sorcière, c'est l'aventure, en effet ! N'oublie pas ton balai.

Chapitre 20

– Ils sont mignons, ils nous ont écrit une lettre.

– Ouvre ! Lis à voix haute, s'il te plaît.

– « *On va casser les habitudes*
Partir ! Faire une fugue
Vivre autre chose
Vous voyez, enfin on ose
Oh ne demande pas comment ou pourquoi
Elle a dit : Confiance ! Suis-moi !
On a bientôt dix ans
On est bientôt plus des enfants
Que vous nous appeliez plus les petits morveux !

Pas la peine de s'arracher les cheveux
On va où on veut, c'est nous qui décidons
On y va vite sans hésitation. »

– Oh là là !

– Ne t'inquiète pas, Marthe. On peut organiser une petite fugue nous aussi.

– Comment peux-tu être aussi calme ?

– Ton petit-fils s'appelle Confiance. Ils nous reviendront.

– Il ne répond pas, je tombe directement sur la messagerie. J'appelle la police.

– Ma petite-fille est prudente.

– Mon petit-fils ne l'est pas. Je parie qu'il est retourné chez moi à Nice. La randonnée était la goutte d'eau qui a fait déborder le vase...

– Il a bien aimé la leçon des pâtes.

– Oui c'est vrai, il avait l'air content.

– Allez prépare-toi, je t'amène au restaurant.

– Où ?

– Sur la Riviera italienne, tu connais ?

– Je ne bouge pas d'ici, au cas où ils reviendraient.

– Il vaut mieux admirer la beauté de la mer et penser à autre chose.

– Je vais téléphoner à ma fille, lui demander conseil.

– Surtout pas. S'ils reviennent, autant qu'ils se fassent du souci pour nous !

– Je suis furieuse !

– Tu n'as jamais fugué ?

– Si, avec toi, pour venir ici. Accompagnée du petit morveux.

– On va sur la côte. N'oublie pas ton maillot de bain. Ça va nous faire des vacances.

– Un homme qui reste calme dans une telle crise est un bijou rare...

– Ayons confiance en Confiance.

– C'est bien le problème : tu me demandes l'impossible !

Chapitre 21

– Tu parles anglais aussi ?

– Oui, tu sais... il n'y a que treize millions de gens au monde qui parlent le hongrois, dont dix millions en Hongrie.

– Combien de gens parlent le français ?

– À peu près trois cents millions. C'est la langue officielle de vingt-neuf pays, la sixième langue la plus parlée au monde.

– Alors, je n'ai vraiment pas besoin d'en apprendre une autre.

– Comme tu veux, mais tu ne pourras pas

parler avec ces braves gens qui nous conduisent à la plage.

– Je t'ai toi, comme interprète.

– Tu ne peux pas commander un repas au restaurant ou échanger avec qui que ce soit à l'étranger. Quand tu ne parles pas la langue, tu es comme un aveugle.

– Comment tu connais tous ces chiffres ?

– Les langues m'intéressent.

– Qu'est-ce qu'ils disent ?

– Qu'ils nous déposent ici, près de la vieille ville, et qu'ils peuvent nous ramener si on veut à 17 h 30. Il suffit qu'on les retrouve au même endroit.

– À moins qu'on se perde, qu'on soit kidnappés, noyés, naufragés, vendus comme esclaves, écrasés par une voiture, fondus par le soleil...

– On commence par un petit-déj au bord de la mer ?

– Ah oui, j'ai faim. Qu'est-ce qu'on mange ?

– *Gelati !*

– Non ! Pizza !

– Cappuccino !

– Un bon croissant. De bons biscuits *amaretti*, hum !

– Tu as ton maillot de bain ?

– Tu m'as dit de l'apporter, j'ai obéi, ma capitaine.

– Et j'ai pris les serviettes. Il y a un restaurant sur la plage.

– Ça ressemble quand même à Nice.

– En mieux !

– En plus vieux.

– Tais-toi et viens.

– Tous les gens autour de nous dans ce restaurant ont dans les quatre-vingt-dix-huit ans.

– Tu es obsédé par les vieux ! Être vieux c'est avoir de l'expérience, de la sagesse, souvent de la gentillesse, comme mon grand-père.

– J'aime ce qui est moderne, jeune, dynamique.

– Et le charme ?

– Bof !

– Tu n'aimerais pas Budapest !

– Je ne compte pas y aller.

– Mais tu n'aimes pas cette vue sur la plage, depuis cette terrasse où nous sommes installés comme des grands, servis comme des rois, dégustant les merveilles de l'Italie, seuls au monde ? Oh, j'ai hâte d'être une adulte !

– Pas moi ! Ils ne m'inspirent pas du tout.

– On sera encore mieux que maintenant !

– Je commande un deuxième chocolat, tu en veux ?

– Garde une place pour *il gelato*.

– Et la pizza.

– Tu veux te baigner ?

– Après on sera mouillés.

– On se séchera au soleil, viens.

– Je te suis comme un petit chiot.

– Tu vas aimer, tu vas voir !

– Je n'ai pas le choix. C'est TON expédition.

– Expédition FUGUE !

Chapitre 22

– Ah, enfin tu réponds ! Ma mère est folle d'inquiétude.

– T'en fais pas, maman. Je suis avec Kitti.

– Mais où ? Ta grand-mère est folle d'inquiétude. Et moi aussi !

– Si je te le disais, ce ne serait pas une fugue.

– Mais quelle mouche t'a piqué ?

– Toute l'idée, c'est de Kitti. On vient de se baigner.

– Tu es sur la côte alors.

– Sans doute. Aie confiance !

– Confiance, tu as neuf ans ! On peut faire une fugue à seize ans à la rigueur, mais pas à neuf.

– Bientôt dix, je te rappelle ! Et de toute façon c'est déjà fait !

– Bon ! Si quelque chose t'arrive, je ne te le pardonnerai pas.

– Confiance, maman, confiance !

– Passe-moi cette Kitti !

– Bonjour, la maman de monsieur Grognon.

– Ah, il se comporte aussi comme ça avec toi ?!

– Surtout avec moi !

– Tes parents ont d'autres enfants ?

– J'ai un grand frère à Budapest.

– Confiance est mon seul et unique enfant alors je compte sur toi pour le protéger.

– Et qui va ME protéger, moi ?

– Protégez-vous mutuellement !

– On va essayer.

– Passe-moi monsieur Grognon. Confiance ? Tu m'appelles ce soir sans faute !

Et clac !

Chapitre 23

– Elle m'a encore raccroché au nez.

– Heureusement que mes parents ne sont pas au courant, du moins je l'espère. Je n'ai pas de portable comme toi, monsieur le ministre. On se rebaigne ?

– Juste quand je suis enfin sec !?

– Tu pourras te resécher.

– C'est trop de travail.

– Trop de plaisir, tu veux dire ! Alors attends-moi ici, j'y retourne.

– D'accord, je viens aussi. Je n'aime pas attendre sans rien faire.

– Ou peut-être que tu aimes l'eau.

– Bof !

– Tu sais, ça fait du bien de dire qu'on aime quelque chose parfois, au lieu de jouer tout le temps le blasé.

– Je commence à avoir faim.

– Plus tu as faim, meilleur sera le repas.

– D'après qui ?

– Oh, tais-toi et nage ! On fait la course ?

– Je n'aime pas les courses.

– Parce que tu ne peux pas me battre !

– Allons-y ! Tu verras qui va gagner.

– Égalité ! Match nul !

– Revanche ?

– Trop essoufflée.

– On y va ?

– Dans dix minutes, on sera secs et nous irons à la vieille ville.

– Tu sembles tout connaître.

– Je viens ici depuis que je suis née, je te l'ai dit déjà.

– Tu connais les bons restaurants aussi ?

– Je connais ceux que je connais. Pizza et *gelato*.

– Pizza d'abord !

– On vote ?

– Ha ha hi hi.

Chapitre 24

– Le problème c'est que c'est bon quand ça sort du four mais dès que ça refroidit, ce n'est plus bon.

– Avoue qu'elle est bonne quand même.

– Les premières bouchées.

– Alors garde le souvenir des premières pour les suivantes.

– Il est comment ton frère ?

– Il est tellement plus âgé que moi que je le connais à peine. Les rares fois où je le vois, il est gentil. Il m'aide avec mes devoirs. Sauf pour les langues, je suis plus forte que lui ! Et toi, quelle est ta matière préférée ?

– La récré.

– Mais encore ?

– Rien. Passons ! Nous sommes en vacances.

– J'espère que Nonno ne se fait pas trop de souci.

– J'espère que Nonna se fait une montagne de souci. Tu as des cousins ?

– En quantité industrielle.

– Combien ?

– Vingt-trois.

– Et vous vous voyez souvent ?

– Ils viennent chaque année ici pour mon anniversaire.

– Oh non !

– Quoi oh non ?

– Je serai encore dans le coin. Et je te rappelle que c'est aussi le jour de mon anniversaire.

– Plus on est de fous...

– Je resterai dans ma chambre.

– Avec mes vingt-trois cousins, ta chambre sera transformée en dortoir.

– Je vais essayer de convaincre Nonna de partir avant. Ça va être insupportable.

– Non, ce sera très chouette, tu verras ! Tu veux un *gelato* maintenant ?

– Ici ?

– Non, il y a une boutique où tu composes ton propre cornet avec le parfum que tu veux et les garnitures.

– Bon, je t'offre la pizza avec l'argent du chantage.

– Quel chantage ?

– La culpabilité de ma mère de m'avoir déchargé dans ce trou à rats. C'est comme ça que j'ai eu le téléphone.

– Tu appelles ça un trou à rats ? Cette Riviera italienne splendide ?

– Je parle de Triora.

– Tu veux dire, ce village typique chargé d'histoire ?

– Bof !

– Ça mérite plutôt un : Wouah !

– Tu rigoles ? Il n'y a que du vieux, partout !

– Mange ta glace et tais-toi ! Avoue que c'est unique. Avoue que c'est un délice. Avoue que nous nous amusons bien.

– Ça peut aller...

– On s'assoit à une table, je ne suis qu'à ma première glace.

– Première de combien ?

– On verra...

Chapitre 25

– Alors les petits morveux !

– Alors les voyous !

– Nonno, tu as triché, tu savais que je viendrais manger une glace ici.

– J'avais comme une petite idée.

– On vous a donné une journée pour être ensemble et faire les cochonneries que vous aimez faire.

– Impossible de faire quoi que ce soit quand on vous imagine en danger.

– Mais Nonno savait où on était.

– Il n'a malheureusement pas partagé son secret avec moi.

– Pour me faire pardonner mon silence, je t'offre une glace, *amore*.

– Tu penses qu'on peut m'acheter avec une glace ?

– Avec une glace et un bon limoncello ?

– Eh bien, nous, on vous laisse.

– Pas si vite, vous deux !

– Vous allez rentrer avec nous.

– Mais on nous attend.

– Qui ?

– Les touristes américains qu'on a rencontrés au restaurant l'autre jour à Triora. Ils m'ont parlé de Sanremo et j'ai demandé s'ils pouvaient nous y conduire aussi. On a fixé le rendez-vous et *basta* !

– Tu as leur numéro ?

– Non, ils ont dit qu'ils attendraient cinq minutes maximum.

– On vous accompagne.

– Parfait, ça nous permettra de rester dîner au Grand Hôtel de Sanremo.

– Les veinards !

– Vous êtes les bienvenus.

– On va manger avec nos Amerloques à Badalucco.

– Bon, ben au revoir alors, je vois que vous vous débrouillez parfaitement bien sans nous.

– Mais à l'avenir on vous attachera à un arbre comme des chiens.

– Nonna, nous ne sommes pas des chiens ! Dans deux semaines, nous aurons dix ans. Maman m'apprend à être autonome.

– Chez elle ! Pas chez moi ! Vous êtes sous ma responsabilité. Désormais, vous allez me demander systématiquement la permission avant de disparaître.

– On demande jamais l'autorisation de faire une fugue !

– Ce ne serait pas une fugue !

– C'est fini, les fugues. On en reparlera dans dix ans !

– Il faut vivre maintenant !

– Il faut vivre ensemble !

– Bon ! Ciao !

Chapitre 26

– Maman, nous sommes rentrés.

– Oui, Mamie m'a avertie que vous étiez sains et saufs.

– *Yes !*

– Tu as aimé ta fugue ?

– Toujours mieux que ce trou à rats.

– Avoue que ça va mieux depuis que tu n'es plus seul. Elle prend des initiatives, c'est le moins qu'on puisse dire.

– Elle est autoritaire, tu veux dire ! Elle connaît plein de langues.

– Tu l'aimes bien alors ?

– Elle est pas mal.

– Pas mal ! C'est ton plus haut niveau de compliment !

– Et toi ? Le bonhomme ? Je dois l'appeler « papa » ?

– Sûrement pas !

– Ouf !

– Tu ne veux pas mon bonheur ?

– Si, avec moi pendant huit ans et après tu fais ce que tu veux. Je ne veux pas te partager pour le moment.

– Tu exprimes bien tes désirs, au moins ! Une chose est sûre, je n'imposerai pas cet homme-là à ta vie.

– Comment s'appelle-t-il ? Que fait-il ?

– Il s'appelle Lionel. Il est prof de philo.

– Pas riche alors. Comme toi.

– Tu ne manques de rien, je crois. Depuis quand veux-tu être riche ?

– Depuis que j'ai rencontré Pistacchio et que j'ai vu ce que c'est que vivre dans une grande maison.

– Mais tu parles sans cesse d'un trou à rats !

– C'est loin du monde, isolé et paumé, mais c'est grand ! J'ai bien aimé me promener hier, acheter tout ce que je voulais manger, être libre, mais je n'ai plus de sous.

– Tant mieux, fini les fugues !

– Mais pourquoi les enfants ne peuvent pas être libres ?

– Parce que justement il faut des sous ! Tu seras libre quand tu réussiras à gagner ta vie.

– Je veux être libre tout de suite !

– Il est de notre devoir d'adultes de protéger les enfants. Tu ne peux pas être libre quand tu es un bébé dans un berceau.

– Je ne suis plus un bébé.

– Et comment, monsieur Je-sais-tout, pourrais-je œuvrer pour ta liberté ?

– En m'offrant un voyage à Tokyo.

– Si je pouvais payer un voyage au Japon, c'est moi qui irais !

– Quelle mère indigne !

Chapitre 27

– Ma mère m'a encore raccroché au nez hier soir. Clac !

– Pourquoi ?

– Je lui ai demandé de me payer un billet pour Tokyo.

– Qu'est-ce que tu as avec Tokyo ? C'est une obsession !

– J'aime les mangas et j'ai vu un reportage. C'est une ville ultra-moderne.

– Laissons Tokyo. Il y a des affaires plus urgentes : j'ai l'impression que Nonno et ta grand-mère ne sont pas rentrés de la nuit.

– Ils sont adultes.

– Et si quelque chose leur était arrivé ?

– T'en fais pas, ils savent se défendre. Je suis sûr qu'ils veulent nous faire payer notre fugue. Ils se sont offert une nuit au Grand Hôtel pour se faire des guilis. C'est révoltant !

– Il y a un autre problème.

– Quoi ?

– Il n'y a plus rien à manger.

– On peut aller faire des courses au village.

– On n'a plus d'argent.

– On achètera à crédit... au nom de ton grand-père.

– Bonne idée, on y va ! J'ai déjà faim, et je déteste manquer le petit-déjeuner !

– J'avais oublié un détail : nous allons devoir marcher jusqu'au village ?!

– Puisqu'on ne conduit pas et qu'en plus on n'a pas de voiture, nous n'avons pas vraiment le choix.

– Ils sont vaches ! Ils nous abandonnent et nous affament.

– J'ai trouvé quelques sachets de pâtes mais plus de pain, de beurre, de fromage, de lait. Il y a du thé.

– J’aime pas ça.

– On y va alors ?

– Pas le choix…

Chapitre 28

– Ta mère et son amoureux fou ne sont toujours pas rentrés. Ils essayent de nous assassiner par la faim.

– Va acheter quelque chose à l'épicerie du village.

– On y est allés… sans argent, pensant mettre nos achats sur le compte de Pistacchio.

– Alors ?

– Rien à faire sans l'accord du concerné.

– Alors ?

– On a offert nos services de travailleurs contre une croûte de pain.

– Alors ?

– Apparemment il n'y a même pas assez de travail pour l'épicier lui-même ! Son magasin est plus que désert !

– Alors ?

– On a essayé de rejoindre nos Américains à l'hôtel du coin.

– Alors ?

– Partis.

– Alors ?

– Kitti connaît une ferme où ils avaient peut-être besoin de main-d'œuvre.

– Alors ?

– Ils nous ont gentiment servi le petit-déjeuner et nous ont dit de revenir pour les vendanges.

– Quand ?

– En septembre ! Après notre départ de ce trou à rats !

– Alors ?

– J'ai téléphoné à Mamie pour lui dire qu'ils sont des criminels de laisser deux enfants seuls au monde à mourir de faim dans un trou à rats.

– Qu'est-ce qu'elle a dit ?

– Rien ! Pas de réponse. En plus il n'y a pas d'eau chaude.

– Va dans la cave, il doit y avoir des conserves.

– C'est déjà fait.

– Il y en a ?

– On n'a trouvé que du vin et encore du vin !

– Alors qu'allez-vous faire, vous qui avez tant envie d'être des adultes ?

– On va faire la grève de la faim !

Chapitre 29

– Bon ! Je vais nous préparer un bon déjeuner !

– Avec rien ?

– Tu connais le conte de la soupe de cailloux ?

– Des gens qui n'ont que des cailloux et invitent tout le monde au souper et chacun apporte un ingrédient pour rendre la soupe aux pierres riche et délicieuse ?

– Exactement.

– On va inviter les gens en disant que c'est un pique-nique participatif !

– Bonne idée !

– Mais qui inviter ?

– Tu plaisantes ! Tu dois bien connaître quelques personnes depuis le temps que tu viens ici non ?

– Oui, tu as raison, on va voir si on trouve leurs numéros de téléphone.

– On va leur dire qu'on organise le concours de la meilleure sauce pour les pâtes, à déguster ensemble !

– D'accord. Je commence par la jeune fille qui doit m'apprendre l'italien et je lui dis d'avertir tous les voisins.

– Tu vois des voisins, toi ? Je ne vois personne, moi, dans ce trou perdu.

– Mais si, au village ! Et ils ont des voitures, eux.

– Si on a quatre invités, nous aurons tout juste assez de pâtes pour leurs sauces.

– Mais il faut trouver une récompense, puisque c'est un concours.

– Ce plat à pâtes ?

– Non, pas sans l'accord de Nonno, il y tient, je crois. On ne peut pas voler ses trésors.

– Alors on fabrique un diplôme de la meilleure sauce ?

– Un trophée, ce serait plus crédible.

– Ah, je sais ! Je peux sacrifier ma magnifique sorcière, avec épinglé dessus « Sorcière de la meilleure sauce ».

– Excellente idée !

– Maintenant il ne nous manque plus que des invités !

– Qu'est-ce qu'on mange en attendant ?

– Patience ! Beaucoup de gens dans ce monde vivent chaque jour avec la faim au ventre.

– Pas à Tokyo. Ils ont des sushis ! Qu'est-ce que vous mangez à Budapest ?

– Du goulasch.

– C'est quoi ?

– Un ragoût, ou une soupe épaisse, si tu préfères. Tu n'en as jamais mangé ?

– Tu peux en faire ?

– Il faut du bœuf gris de Hongrie et du paprika. On n'en a pas. Ma grand-mère fait le meilleur goulasch du monde. Et toi, quelle est la spécialité de ta grand-mère ?

– La cuisine ne l'intéresse pas du tout. Elle est lamentable, de bout en bout !

– Quel est ton plat préféré ?

– Les sushis !

– J'en ai mangé une fois à Paris. J'aime aussi ! Surtout que maintenant j'essaie de ne plus manger de viande.

– Pourquoi ?

– Pour ne pas tuer les animaux. C'est trop cruel.

– Les poissons dans les sushis sont des animaux aussi, à ce que je sache...

– Je n'y avais jamais pensé.

– Mais tu ne manges même pas de hamburgers alors ?!

– Il y a des hamburgers végétariens.

– Non ! Un hamburger, c'est un hamburger, avec un bon steak à l'intérieur !

– Quel est ton fruit préféré ?

– La banane !

– Et ton légume préféré ?

– La patate.

– Et ton dessert préféré ?

– Les crêpes.

– Hey ! On peut faire des crêpes ! On a de la farine et des œufs.

– Y a du sucre ?

– Oui.

– On est sauvés.

– Plus que sauvés ! J'ai donné ton numéro et Violetta vient de m'envoyer un message. Il y a beaucoup de voisins qui ont répondu oui. Ils viennent ce soir ! Je vais commencer à dresser la table.

– Pendant ce temps, je m'occupe des crêpes.

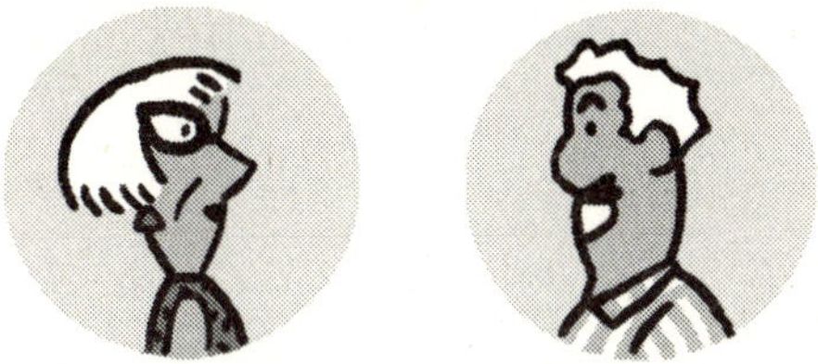

Chapitre 30

– Eustachio, ça suffit peut-être à présent, non ? Ils vont comprendre l'inquiétude qu'ils nous ont causée et ce que c'est que devoir se nourrir et vivre sans l'aide des détestables adultes.

– Tu as raison, on va faire de grandes courses puisqu'il n'y a plus rien à la maison et puis on rentre avant la tombée de la nuit. Ils auront la surprise demain matin, le garde-manger sera plein !

Chapitre 31

– Oh là là ! Tu as vu ce buffet ?!

– Ils ont apporté plus que la sauce ! Je suis sûr qu'il ne manque pas une seule spécialité de la région.

– J'ai déjà goûté la *farinata* de pois chiches. Wow !

– Et moi le risotto aux poireaux, tellement plus mangeable que les poireaux bouillis de Mamie.

– En parlant de bouillie, je vais mettre les pâtes à cuire !

– Madame Zitello a apporté assez de pâtes fraîches pour une armée. Elle insiste pour les préparer elle-même.

– Encore mieux !

– Et son mari a apporté son accordéon.

– On va danser !

– Pas moi !

– Allez ! Laisse-toi aller, pour une fois !

– C'est ma bouche et mon estomac qui font la fête ce soir !

– Quelle réussite, cette soirée ! Il y a déjà une vingtaine de personnes !

– Et assez à manger pour soixante ! Autant salé que sucré. Tu as vu la panna cotta de Martica ?

– Le rêve.

– En tant que membre du jury, je mets un point d'honneur à goûter toutes les sauces.

– On va faire voter tout le monde.

– Et on organisera la cérémonie de remise du prix juste après.

Chapitre 32

– Ton petit-fils est un chef ! Ils ont bien déjoué notre complot !

– Quelque chose me dit que ta petite-fille n'y est pas pour rien non plus !

– Oui, c'est un sacré numéro, elle aussi !

– C'était beau, cette fête ! Je n'avais pas autant dansé depuis mon mariage.

– Beau, et *delizioso* ! Et tu as pu rencontrer les voisins et mes amis. Je pensais les inviter à tour de rôle mais tu les as tous eus pour le prix d'un !

– Oui, je les ai beaucoup appréciés. Ils sont généreux et chaleureux. Comme des Italiens !

– Oh, les voyous, ces enfants ! Je n'en reviens pas qu'ils aient manigancé cette fête en quelques heures à peine.

– On aurait dû leur laisser quelque chose à manger !

– C'est mieux comme ça : de la nécessité naît la créativité !

– Et puis ils ont tout nettoyé et rangé jusqu'à 2 heures du matin, sans qu'on leur demande rien.

– Je voulais leur donner une leçon : que ce n'est pas facile d'être adulte ! Mieux vaut profiter de l'enfance, de cette période où d'autres s'occupent de tous nos besoins.

– Ils veulent être grands avant l'heure, ces deux-là. Et ils ont de la suite dans les idées.

– Oh ! Cette idée de concours de la meilleure sauce !

– Et le prix : « Le trophée de la sauce de la sorcière » ! Manuela Zitello était radieuse !

– Quelle équipe, ces deux-là !

– Que vont-ils inventer maintenant, après la fugue et la fête improvisée ?

– Une chose est sûre, nous ferions mieux de les garder à l'œil !

– Et pour ne rien arranger, toute ma famille est sur le point d'arriver. Ça va faire du monde, crois-moi !

– Je t'aiderai.

– À la cuisine ?

– Pour le service plutôt. Le chef, c'est toi !

– Et si nous recrutions aussi notre duo diabolique ? D'une pierre deux coups !

Chapitre 33

– Tu as entendu les ordres : cueillir les légumes, éplucher par-ci, hacher fin par-là.

– Il y a un monde fou qui arrive !

– Il est temps de se barrer à nouveau.

– Je te rappelle que nous n'avons plus de sous, même pour partager un *gelato*.

– Il faut trouver un moyen d'en gagner.

– Ne t'inquiète pas, tu vas te régaler avec mes cousins.

– Ça m'étonnerait ! Ils ne parlent que l'italien, je parie !

– Un peu de français pour certains et un peu d'anglais pour d'autres. Mais il y aura de l'ambiance, ça, je te le garantis !

– Écoute, ils nous appellent.

Chapitre 34

– Pistacchio, tu as étudié l'histoire ?

– Au lycée, *sì*.

– Tu sais alors que l'esclavage fut aboli en 1848.

– *Sì*...

– Et tu sais aussi que le travail des enfants est contraire à la loi.

– Je te vois venir, *mascalzone* ! Mais aider à l'élaboration de ton propre repas n'est pas illégal !

– Ça fait six heures que nous trimons !

– Et moi ? Je compte mes heures, moi ?

– Nonna Gnocchi, tu soutiens l'esclavage des enfants ?

– Où veux-tu en venir, Spaghetti ?

– À cette bonne vieille expression : « Tout travail mérite salaire. »

– Le salaire, c'est la pension complète ! Nourri, logé, blanchi. C'est un petit troc, donnant, donnant.

– Et puis, vous apprenez des choses ! Toi, Confiance, tu commences à progresser dans l'art de préparer la *pasta*. Tenez, aujourd'hui on va faire des gnocchis. C'est une formation gratuite qu'on vous offre !

– Écoute, Nonno, quand je rends service à la maison, on m'offre plutôt des récompenses.

– Je te propose une affaire en or, Pistacchio : cinq euros par jour chacun, ça fait même pas un euro de l'heure.

– Vous voulez me ruiner ?

– On veut te rendre meilleur et plus juste.

– Et si je refuse ?

– Prépare-toi à la grève. La révolution !

– Si grève il y a, alors je prédis une terrible famine ! À bon chat, bon rat !

– Tu as dit toi-même que nous étions de bons ouvriers, nous méritons ce salaire.

– Laissez-moi réfléchir.

Chapitre 35

– Quelle torture de les regarder manger les gnocchis. Ils avaient l'air délicieux !

– On doit tenir !

– Cette fois on l'a, notre grève de la faim...

– Quand ils se coucheront, on ira grignoter.

– Comme des rats ? Je préfère qu'on garde notre honneur.

– Et moi je préfère manger quelque chose.

– Où sont tes principes ?

– Dans mon estomac.

– Tiens bon. Nonno va céder, j'en suis sûre.

– Tu as raison, pas de négociation : cinq euros ou rien !

– On est des révolutionnaires, les rois des sorcières de Triora.

– ... en guerre contre de cruels esclavagistes.

Chapitre 36

– Nonna Gnocchi, on rentre chez toi ? C'est un vrai cirque ici depuis qu'ils sont tous arrivés ! Et on entend de l'italien à tout bout de champ.

– On rentrera à la fin du mois, Confiance, comme prévu. Eustachio a cédé à ton odieux chantage. Tu vas t'en mettre plein les poches. Et puis je ne vois pas ce que tu reproches à cette famille : ils sont tous absolument adorables.

– Tu as appris leurs prénoms.

– Évidemment, pour qui tu me prends ? Leonardo est venu avec sa femme Eva et son fils Yvan pour ramener Kitti.

– Et les autres ?

– Je vais à mon rythme : *Chi va piano va sano e va lontano,* comme on dit ici !

– Lucio, Enzo, Donatella, Umberto, Grazia...

– Il y a un Giovanni et une Rosaria aussi, il me semble.

– Comment fait-on pour avoir autant d'enfants ?

– On fait l'amour !

– C'est dégueulasse.

– C'est ainsi que l'humanité perdure depuis la nuit des temps.

– Mais on n'a pas besoin d'être autant !

– C'est le fruit de l'amour. Allez, haut les cœurs, mon Confiance, demain c'est ton anniversaire.

Chapitre 37

– Tiens, j'ai écrit ça pour toi, Kitti.

– Je lis alors :

« Demain on aura dix ans, toi et moi
Deux chiffres pour la première fois
Ils vont sûrement faire un grand gâteau
On recevra des petits cadeaux
On sera soit déçus, soit surpris
En mangeant les dix tortelloni
Ensemble on atteint les vingt ans
Majeur à deux, plus des enfants
Libres de faire ce que l'on veut

Alors je te dis que je suis amoureux
Encore dix ans et des poussières
Par une journée caniculaire
On se mariera
N'est-ce pas ? »

– Si c'était demain notre mariage, je dirais oui, mais dans dix ans je ne sais pas. On a beaucoup à vivre d'ici là. On pourrait changer.

– Moi je ne changerai pas !

– Seuls les imbéciles ne changent pas. Ça veut dire que tu seras toujours aussi grognon ?

– Ça veut dire que je t'aimerai toujours.

– Je pensais que tu n'aimais pas les comédies musicales...

– Je t'aime toi !

– Écoute, je t'aime aussi. Mais je repars demain après la fête.

– On pourrait s'écrire, se téléphoner...

– Tu peux venir à Budapest.

– Qui n'est pas Tokyo.

– Mais j'y suis...

– Oui.

Chapitre 38

– Bon anniversaire, mon chéri ! Je t'ai acheté des choses à Londres, j'ai hâte de te les offrir !

– Maman, comme l'école n'a pas encore repris, est-ce que je peux rester une semaine de plus ici ?

– Je pensais que tu voulais rentrer depuis longtemps !

– J'ai changé d'avis.

– Tu ne changes jamais d'avis.

– Seuls les idiots ne changent pas d'avis.

– Et Mamie, qu'en dit-elle ?

– Elle est d’accord. Et Pistacchio doit me montrer comment faire un tiramisu.

– Et Kitti ?

– Elle va rester une semaine de plus aussi avec ses parents qui sont là.

– Tout baigne alors ! Et cette fête, tu me racontes ?

– Il y a quelque deux cent mille personnes ici.

– Et c’est comment ?

– La foire ! Mais tout le monde met la main à la pâte, donc ça va.

– Il y a un gâteau ?

– Énorme.

– Des cadeaux ?

– À gogo. Surtout des sous.

– Oh ! Et que comptes-tu t’offrir avec ce trésor ?

– Une fugue, bien sûr !

– Tant que tu la fais là-bas et pas chez moi...

– Tu as passé de bonnes vacances, maman ?

– Mais qu’est-ce qui t’arrive de t’intéresser à moi ? Où es mon fils ?!

– Tu es numéro un dans mon super classement des personnes préférées.

– Et Mamie ?

– Numéro trois.

– Qui est en seconde position ?

– Kitti, ta future belle-fille.

– Tu lui as demandé sa main ?

– Oui.

– Et qu'a-t-elle répondu ?

– On verra dans dix ans. En attendant, je te propose un voyage : que dirais-tu d'un week-end à Budapest ? Ses parents nous invitent.

– Eh bien, dis donc !

– Dis donc quoi ?

– Oui ! Avec plaisir ! Je ne connais pas encore cette ville. Il paraît que c'est magnifique.

– Dommage que tu ne sois pas ici à la fête.

– Regarde par la fenêtre.

– Oh maman ! Tu m'as manqué !

– Je n'ai jamais loupé un de tes anniversaires ! Je ne comptais pas commencer le jour de tes dix ans...

– Je t'aime, maman.

– C'est la première fois que tu me le dis.

– Quand on aime quelqu'un, on aime le monde entier.

– Triora t'a fait du bien. Tu es ensorcelé !

– Je m'appelle Contentement à présent. Viens, je te présente à tout le monde. Je te préviens : ça fait un paquet de prénoms à retenir !

DANS LA MÊME COLLECTION

Course-poursuite au Luna Park
de Frédéric Vinclère

« Dès l'aurore, Gaston cirait les chaussures des messieurs pressés, et en ce matin de juin 1913, il se demandait où ils pouvaient tous se hâter ainsi, ce qui les motivait, ce qui les faisait avancer.

Gagner plus d'argent, encore ? Lui, le seul horizon qu'il visait dès le réveil était de réunir la somme pour se payer un lit la nuit suivante chez la mère Bidoche, une tenancière d'auberge moins regardante sur la qualité de ses clients que sur la quantité de pièces en leur possession. Parfois, ils étaient quelques orphelins à faire pot commun pour dormir au sec, mais la patronne s'en fichait et pouvait même réclamer une pièce de plus par tête. Une telle situation était sans doute triste et injuste, mais Gaston en avait fait son deuil. Paris, comme toutes les autres capitales, n'était qu'une vilaine qui s'émouvait plus du bruit de la monnaie que des pleurs des enfants. D'ailleurs, le petit gars n'était en vérité pas si mécontent de son sort. Quitte à choisir, il préférait être maître de son destin plutôt que de trimer quatorze heures par jour à l'usine pour se voir ensuite confi squer son salaire, comme nombre d'enfants exploités par leurs parents. Il en connaissait quelques-uns et leur vie n'était pas jolie-jolie, pire que la sienne à bien des égards. »

(extrait du chapitre 1)

Les cousins Karlsson, squelettes et démons
de Katarina Mazetti traduit du suédois
par Marianne Ségol-Samoy et Agneta Ségol

« – Alors là, vous exagérez ! s'écrie Julia en tapant du poing sur la table de la cuisine. Vous préférez aller voir des gens qui font la ronde dans l'Himalaya, plutôt que de danser autour du sapin avec vos filles ! Et comment on va fêter Noël, nous ? On va rester ici toutes seules ? Je vais être obligée de me déguiser en père Noël, et Bourdon fera semblant de ne pas me reconnaître ?

Sa petite soeur, surnommée Bourdon, brandit à son tour son petit poing grassouillet, et l'abat sur la table si fort que les tasses à thé sursautent.

– Et pour mangeeeer, hein ? Qui va préparer le repas de Noël ? Les côtes de porc, et puis le jambon, et puis les boulettes de viande et les saucisses grillées...

Elle se tait tout à coup. Elle vient de se rappeler qu'elle est devenue végétarienne.

– Enfin, comment on va faire pour les biscuits au gingembre et les brioches au safran et... la bouillie de Noël. EN TOUT CAS, c'est pas Julia qui fera la cuisine, elle ne sait même pas faire du thé sans le brûler ! »

(extrait du chapitre 1)